JN109223

句集 齟齬

そご

原満三寿

Hara Masaji

深夜叢書社

齟齬　目次

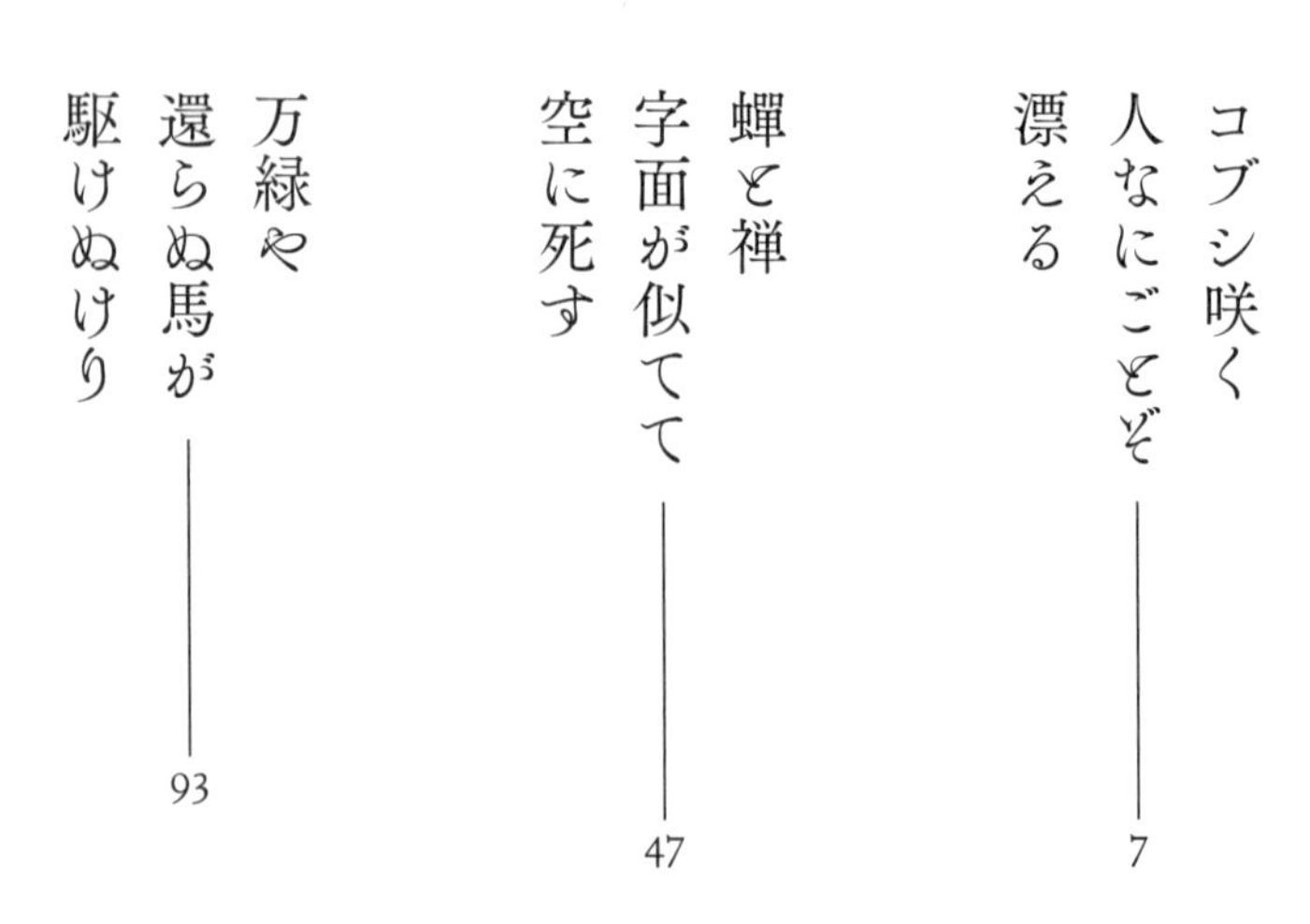

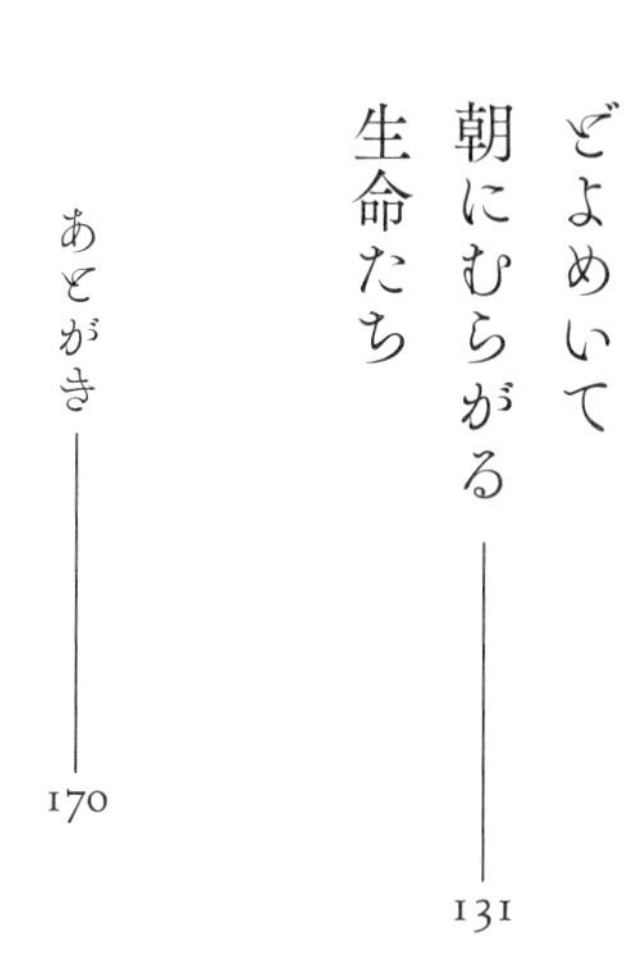

装画
カジミール・マレーヴィチ
「Black Square and Red Square」（1915）

装丁
髙林昭太

句集

齟齬

そご

コブシ咲く
人なにごとぞ
漂える

コブシ咲く人なにごとぞ漂える
夢にまた青芥子さげて来るは誰

我ひとり故に我あり風花す

我ひとり故に汝(な)があり マンズ咲く

惨津波　水の仏に雪の華

風花の花いちもんめ水仏

風花の舍利ふる海へ鈴をふる

風花や廃墟に舍利のきらきらら

月光にて白骨を洗う隠れ岩

日だまりがうごけば死人もうごくかな

夕焼けにただれる海や白そこひ

白そこひ岬が裂いたる空いちまい

杉作が駆けたる浜に海は裂け

洟垂れの丹下左膳も水仏

砂浜を九年のあーあー挿しあるく

脳中の津波を菜花が覆う日も

ふりむけば焚火に炎える失語の背

冬銀河　失語の背中を継ぐ背中

寒卵　俘囚のごとき夜の黙

寒卵うみつぎうみつぎ数珠回し

陽とつるみ溶けて忘我の雪うさぎ

春の地震　部屋住み家霊と逃げだせり

原発禍〈イツマデ・イツマデ〉と怪鳥

原発禍よされよされやぼたん雪

死後もなお被爆や被曝や曼珠沙華

ひゃっひゃっ嗤い盗賊鷗の流れゆく

まほろばのカーテン－コールはメルト－ダウン

セシウムの村を凩にげだしぬ

難聴の村に鳴きだす籠の鳥

腰痛の村に魚影と捩れ花

墓ばかり海をみている藁の村

真っ昼間　人なき村の泡立草

村いちばん糸瓜野郎の大瓢簞

この村の内外（うちそと）わからず逃げられず

かの山の葉っぱであろう童子（わっぱ）たち

かの川の河童であろう濡場ずき

沈丁花　鳥語あふれる外厠

往事その九十九里浜に隆乳房

太陽とスモモが笑う相模かな

愛染も安房もじとじと春闌ける

褌や干されて鎮まる伊豆の海

みちのくへ駱駝のモモヒキ出奔す

赤城では目刺しの淋しさひとり噛む

出水後の土手に干される利根の人

玉の井の灯火親しむすみだ川

能登の宿　風の鯨が夜もすがら

絵蠟燭ついに吹き消す佐渡情話

恐山やすやす死人をおいてくる

屈葬の夜汽車にしくしく獅子の虫

立棺の吊革電車に寒ぎ虫

生まれたての空気に裸身きわぎわす

脱衣して少女に尖るプラタナス

春いちばん大魚の裸を逆なでず

異安心はきだしきれぬ長ッ梅雨

夏果てて非在の椅子を嗤う椅子

臨死のA幻肢の0や夏果てる

自画像を黄昏れに置く誰か叫ぶ

闌けて憂し帯が汗かく夏座敷

蒼穹を映して有頂天の水溜り

棄てられたヘチマと話すはぐれ風

断念の夜にすっくと青花梨

雨の夜は花梨と雨の声を聴く

余寒かなトイレで煽る遠い火事

徘徊がめぐる枯野や踊る世間

相逢うて剝落しあう人の鱗(こけ)

凍りつく広場に軋む人の鱗

裸木（はだかぎ）に冬陽の広場が吊される

臘八や四肢あやつられ夢水母

冬蠅と冷えた鯛焼シェアする

冬蠅を尿瓶の口が薄笑う

冬涸れの岸にただよう捨て尿瓶

のろい午後　日脚ただよう壜の口

迷い人　袋に一口羊羹・保険証

迷い風ときにはガラスを磨きあげ

蟬と禅
字面が似てて
空に死す

蟬と禅　字面が似てて空に死す

眼横鼻直　平目面なる禅科者

無為を為す山羊面を為すタオイスト

仏手柑も部屋住み蜘蛛も今年面

春を待つそんじょそこらの世間面

どの面もその面なりの犬ふぐり

炎暑なり打鋲音にくる仏面

島で酔う鯖の目玉に化外面

撫子やキリンが見たる空の面

就褥の尼僧がみたがる人面魚

軍艦の面に泣き出す乳母車

憂き世かな浮世にあふれるマスク面

竹の子の輪切り乱切り喚びおり

夜の野分　毛物の尻に触れて過ぐ

目をむいた大首絵なる野分晴

盛大に引っかき回して野分晴

野ざらしを机上に曝す　いけません

毛嵐や胡蝶の夢にふける鷺

千年の巨木にぞめく椋鳥（むく）の寂（せき）

千年の水の疲れや冬の瀑

空蟬が空蟬をぬぐ秘伝あり

空蟬に一羽の風が素泊りす

空蟬の茜の空を手でさわる

空蟬は鉄錆くさいと線路工

野ビタキの淋しさ一閃ガラス工

怒髪めくベートーヴェン臭き汽罐火夫

俳号は〈破鏡〉でどうやと指物師

夢峠　冥途の飛脚もナイキのシューズ

マグリットの鳩あおむけにＭＲＩ

シャガールの宙を引っかく自撮り棒

霜の声　切裂きジャック不老不死

降る雪やお伝は斬首・新平梟首

・高橋お伝は最後の斬首刑、江藤新平は最後の梟首刑

春ビッキ　妹嬉（ばつき）は夏で　冬オデン

木守柿　周利槃特（しゅりはんどく）　惟然坊

晩秋を西施の顰みが擦過せり

雁の列かくあるべしと仲尼風

天意など無いと荀子と梨かじる

摩耶の腋チャイルドーブッダ甘嚙みす

桃咲いてオールドーキッズ暗躍す

夜明けまで大塩平八郎傳に濤の声

黄檗の風かと思えばヤブ蚊群

普化僧の鈴かと思えば水の皺

草を踏む猫背の鴉　ザビエルか

百日紅　媚びて火傷のエマニエル

バラ咥えカルメンを舞う光晴忌

永き日の庭に「市塵」ダージリン

春きたる莫蓙よこ抱きに瞽女きたる

〈天が病む〉不知火の闇や人の闇

照れながらいまどきの暗に狐の火

わが鬼の得手は初っ切りひとり相撲

春の宵　老鬼つやめき踊るかな

残日の老鬼が畏れる哺乳瓶

緑陰で鬼の女をいじめぬく

夏木立みせあう鬼子の蒙古斑

秋の暮　無宿の鬼が草鞋ぬぐ

棄てられた鬼を遊ばす鬼の蓮

鬼子ちびる行き先しれぬ愛のバス

爺ちびる濡れて唖蟬の悲鳴かな

天ちびるときに狂態ほしいまま

紅梅の百鬼夜行も泌尿器科

サッチャンはね此岸（こっち）で足をなくしたんだね

サッチャンはね彼岸（あっち）でさびしく泣くんだね

夏やせの巫子（いちこ）が飾るオシラさま

霧の夜は土蔵の子消し薄笑う

いくがいい虹の吊橋　三つ編みで

島の旅　蘇鉄にたずねたずねられ

浜木綿へ　わけはなけれどしのび旅

アダンの海　としのちがいのふたり旅

上座部の結跏趺坐めくタラバガニ

宗論に疲れて鶺の笑いかな

太棹は弾くか叩くか蕎麦の花

詭めく秋を掻きだす撥さばき

腕をしめ男もさらう筑前琵琶

眉あげて女もせめる薩摩琵琶

饒舌な欠けた織部に柚の味噌

頬杖してかなぶんぶんと午後の窓

ある犬は夕焼雲まで延びをする

ある馬は木槿の影に食われたり

長き夜は苦虫百匹おしころす

パソコンがヒカリゴケめく長夜かな

アフリカへ帰りたい象に群がる星

ファドの夜は根無し草なるロカ岬

目を病んだ犬と渚をどこまでも

鬼退治かみかぜ桜ええじゃないか

物心つくと桜は神まみれ

セシウムやコロナーウイルスや繚乱す

万緑や
還らぬ馬が
駆けぬけり

万緑や還らぬ馬が駆けぬけり

万緑や虫の面して過ぐ飛脚

万緑や〈考える人〉増殖す

万緑や万のエロスが歓喜せり

万緑や泡だっているアニミズム

万緑は胎蔵界の闥であろう

蜘蛛太る万緑のなか嫁ぎゆく

万緑裡　蜥蜴の怯懦を手づかみす

万緑裡　霊長類らしきが腐爛せる

揚げ雲雀　かなしみの刃　野に刺さる

ぼた山を葬列がゆく　雲雀は棘

尸の谷に鬼灯むれる開拓譚

夕張りぬ黒い川にも水明り

轢かれても伸されてもなお枯蟷螂

枯蟷螂〈さびしさだけが新鮮だ〉

枯蟷螂むかしの美貌を語りだす

山国の蝶と揉みあう平地人

熊ん蜂のデ尻(けつ)を追い野に迷う

夜行性の蛾を待つ花の飢えつづく

素寒貧のあの日のベンチを蟻の列

落ち葉ふみはにかむブーツに耐える虫
鳥けもの大事(でーじ)にすろと春こだま

ひだるさの山羊に五月蠅い閑かさや

屍の土竜へ葉っぱが雫する

径と径　出逢うところで野良猫と逢う

肩と肩　病葉ふんで野良犬と濡れ

山椒魚（はんざき）の闇のかたちに点（さ）す斜陽
ザリガニの鋏にとがる姫泥鰌

むざんやな瀕死の白鳥　死ねず舞う

白鳥の首を絞めたる蔦もみじ

雷鳴すワシミミズクの糞臭う
落雷すモモイロインコの未生以前

秋晴れや殺意に疲れる赤蝮

リラの径　カラスとわたし非鴉(あ)で非人

風に舞う椿の舌は火かき棒

風に語尾ちぎれて連翹なだれだす

山峡の上昇気流を連理の鱏

駆けっこを熾んに刺しゆく新樹光

小春日は橋の反りまで緩むかな

タクアンの蓋で春待つゴロタ石

春の空リボルバー音と羽化の音

切株の木口も春の真っ盛り

山笑う山羊も小径もとびはねる

木の芽風ペンペン草は掻き鳴らす

土手はれる天人唐草と桃中軒

是がまあ春の笑窪ぞ咲かせすぎ

おのれやれ春の老猫ふりむかず

春老いて人無き道を道がゆく

晩春のいっぽん道に秋の悲鳴
ネモフィラの青波を渉る風家族

蜃気楼　濫(みだ)れる蝶や玄き艦

跫音がするたび伸びる葱坊主

野蒜ほる今日いちにちを意いつつ
木葉木菟かなしく鳴くまで髪をすく

ママチャリがタラの芽つんで宙とんだ

あの秋の別れをママチャリ惜しみけり

鳥語おって野辺にはぐれて翁草
青柿の照りもすっぽりポケットに

春の雷　流刑の蛇がギラッとす

遠雷や　まだみぬブナの大暴れ

陽に炎えて尻滅裂の羽脱け鶏

仁王さまはお臍で炎帝を叱るのだ

立飲みのとなりに立飲む他界人

真弓の実むかし日置(へき)流をちょっとやり

生前もかぞえたもんだよ烏瓜

大黄落かなぐりすてて大爆笑

アケビ太り村を出てゆく餓鬼大将

木洩れ日の崖にアケビの濁声す

歩道橋に鴇色のマフラーと流星群

冬銀河よりそう裸木や毛物たち

どよめいて
朝にむらがる
生命たち

どよめいて朝にむらがる生命（いのち）たち
光の巣さがして朝露をのぞきこむ

人間(じんかん)を足抜きできず水っぱな

人間に溺れて水を打擲す

ごろつきの風に怯える木守柿

草木に孤独死は無し夜来香（イエライシャ）

お生れもお迎えもあり熱帯夜

ひたひたと水の黄泉路をゆく水子

赤ん坊は生に怯えて泣くのかな

赤ん坊のひらいた指から春の修羅

なまぐさい入り日の浜に子守歌

子を送る田舎教師に鳥曇り

じゃんけんぽんあいこがなくてくれのこる

くれのこるカクシャクとしてカンシャクダマ

抜け道や世にはばかるは通りゃんせ

隠れんぼ未生の子だけ見つからず

遠雷やごろりごろりとみな寝釈迦

白桃を和毛ごと食らう美少年

少女期の喉は知らない修羅の水

バス停へ想いの闌けで走る傘

青春の門に行路者ながれ星

突堤のふたりにはがゆい夭い風

のけ者の虫とり網は眩しい帆

土筆野にさよならばいばい糸電話

スマホ手に野菊のあたいのひとり芝居

萩と頭痛こんぐらかって麦と兵

皺くちゃの両手にあまる春の泥

くしゃみして四畳半を漂泊す

葉月尽　書斎にこもり毛繕い

熟柿がぶりわが分身の毛無し猿

地吹雪や独りで火照る玉子酒

稀書奇譚つんだ書斎でパパゲーノ

青く咲く竜舌蘭とはいかぬ古希

夜行性の噬(か)んだる臍(ほぞ)にも喜寿きたる

肉化して翁の面が剝がれない

刷込みの翁面ならんと囃す鵯

生前も柱もしつこい残暑かな

油照り回りつづける死者の独楽

禿頭に磁気嵐めく群雀

雄鶏老い眦（まなじり）決して脱糞す

丹田を動ぜずに点す老蛍

錦秋や老狐も参じバーベキュー

花街の地蔵の頭をすべる蠅

花街の裸灯がのぞく雪の川

襟たてる花街にあざとい加齢臭

どてっ腹の虚でキョと鳴く春老人

千代抱いて去る学長や女坂

社会より世間さまさま男坂

無縁坂　天にむかって石を蹴る

頻尿の風来坊に蕗の薹

怪老の肛門ゆるむ濃紫陽花

老い桜　水面のおのれに　あんた誰

老いた脛あらうに十指おおすぎる

生(なま)の婆　にそりと笑うインスタ映え

お天道さまへ婆シーツ振る半世紀

雫する少女の隣りで煙る婆

内視鏡の真顔に片栗の花さいた

ＣＴ終え人差し指でヒバリ刺す

病める窓　誘蛾灯に火定の蛾

病室に電球となって泛ぶかな

病室をモップが走る青空まで
びしょぬれの窓といちにち見つめあう

三春を二人部屋にて一人病む

夕影といっとき遊ぶ窓の尿瓶

病雁の行方も知らぬ観覧車

時化を聴く坐骨神経痛とアマリリス

淳君の流離の仕舞いは雨ことば

君の死に春むらがって「遊ぼうよ」

点鬼簿をめくればやたらに椎におう

道連れがほしくて死蛍ほーほたる

水の火に触れれば炎える彼岸の手

齟齬を巻く還らぬものを還さんと

「齟齬」畢

あとがき

このたびの『齟齬』という題には格別ふかい意図はありません。昨年、書家の石川九楊氏の『石川九楊自伝図録 わが書を語る』(左右社)を読み進めていると「齟齬」という語にいきあたって、その四角張った頑固そうな字面は、わが面構えに似ているかと思いましたね。そしてその脱臼したような意味合いの面白さにも惹かれたのです。字統によれば、擬声的な語といいます。

氏も「「齟齬」という作品がぼくの八〇年代のデザイン的な展開の発端となりました」と言っておられるところから、私と共感するところがあったのではと愚考します。

氏の本に興味をもったのは、わが家の男兄弟はみな悪筆で「悪筆も莫逆の友」なんていいつつも、コンプレックスになっていたからのようです。私も氏のように、「わが書を語る」なーんていちど言ってみたいものです。

このところ毎年のように句集を上梓してきて、第六句集を経てやっと第七句集で、ともかくも私の俳句らしきものが見えてきたような気がしています。年内に八十歳になります。不確実な憂き世、この先、俳句なんて書いていられるのでしょうか。

第二句集からずっと齋藤愼爾さんに跋を書いていただいておりますが、今回はよちよち歩きから一人歩きの証に、跋なしでいこうと思っています。

齋藤さん、装丁の髙林昭太さんお世話になります。

二〇二〇年　　コロナウイルスの最中　　著者

原 満三寿　はら・まさじ

一九四〇年　北海道夕張生まれ
現住所　〒333-0834　埼玉県川口市安行領根岸二八一三―一―七〇八

略歴・著作

□俳句関係「海程」「炎帝」「ゴリラ」「DA句会」を経て、無所属
■句集『日本塵』『流体めぐり』『ひとりのデュオ』『いちまいの皮膚のいろはに』『風の象』『風の図譜』(第十二回小野市詩歌文学賞)『齟齬』
■俳論『いまどきの俳句』

□詩関係「あいなめ」(第二次)「騒」を経て、無所属
■詩集『魚族の前に』『かわたれの彼は誰』『海馬村巡礼譚』『臭人臭木』『タンの譚の舌の嘆の潭』『水の穴』『白骨を生きる』
未刊詩集『続・海馬村巡礼譚』『四季の感情』

□金子光晴関係
■評伝『評伝　金子光晴』(第二回山本健吉文学賞)
■書誌『金子光晴』
■編著『新潮文学アルバム45　金子光晴』
■資料「原満三寿蒐集　金子光晴コレクション」(神奈川近代文学館蔵)

句集　齟齬

二〇二〇年十月二十三日　発行

著　者　原満三寿
発行者　齋藤愼爾
発行所　深夜叢書社
〒一三四―〇〇八七
東京都江戸川区清新町一―一―三四―六〇一
info@shinyasosho.com

印刷・製本　株式会社東京印書館

ISBN978-4-88032-462-3 C0092